今生
一样的美丽

郭小华 著

今生，一样的美丽

山西人民出版社
山西出版集团

目 录

今生 一样的美丽

面对

是否
休憩惯了的意志
还能够放在浪尖上

是否
澎湃已久的心海
从此将永远地沉静

是否
花开了的季节
今生，一样的美丽

1993.10

火山下的一棵树

（火山喷发后，一棵树被埋入深深的地下）

那　一刻的
根须结成网
叶子一滴滴落下
踩着火焰疯狂地舞蹈
有节奏地断裂
在最后一眼的冷静中
无力支撑

而你
宿命地进入我的年轮
成为化石

1995.10.10

旅站

不要说
雨落下是直的
而记忆中好像是倾斜的

不要说
爱是孤独的
而传说中好像是要下雨的

不要说
相遇是短暂的
我们还都在等一趟向北的列车

2001.12

距 离

冰雪和鲜花结为邻居
四季风拉长了路的距离
金羽的鸟儿栖息林里
不知哪朝的云雨润绿了这片土地

峰顶一屋　山脚一室
天空织着朦胧的烟雨
你烤着通红的篝火
像星星将温暖送入我孤独的夜里

疯长了一夜的相思林
将小屋沉没在绿风里
当我虔诚的心扣响那一扇小扉时
主人啊，你是否还在这里？

1990.8.5

酒　馆

窗框里
成群的甲壳虫爬着觅食
互相分享一些坏死的味道
几只闷闷不乐的铁鸟悬挂
在窗框外

就那么短暂
有喜有怒有哀有乐
我们各自都摘掉了面具
和着淡蓝色的火苗一起下肚
又一起地燃烧

窗一开
大家依次恢复了原样

变幻着不同的色彩

以不同的节奏

飞走——

2001.12

画

我，本来可以作为一种色彩
出现在你的画中
于是耐心地成为一座雕塑
看你的手
如在树影中穿梭

甚至，没有留意
你的目光越过我的肩膀沿着
那条山路消失

有风
从一个不真实的角度
窥视了你的画稿

原来

我和这个季节一样

只是属于大山之外的

短短的

一瞬

2002.8

读《江雪》

谁会留意
这江雪中的扁舟？
在鸟飞绝人踪灭的千山万径
雪是唯一的运动
唯一的喧嚣
或许枯坐的姿势已经有千年
或许会有人怀疑孤独的垂钓
或许这雪已经下了很久很久
他仍然没有结束的意思
就让柳宗元的眼睛做个记录吧
这一幕夹在书页中凝固成
一片白雪

画面微暗

山摆得很远很远

江水宽阔连着漫天的雪

江岸上的树瘦得像白发长者

谁会找到微茫的小舟

会听到舟中人的细语

谁会花费这么长时间去等待

在清晨或是黄昏?

整个世界安静得只剩下寒冷

雪没有看到古诗中的老翁

在固执地钓了大半辈子的江中

许多人收获了雪一般的梦幻

2003.5.12

长征·回望

没有预见的明天
没有预见的遥远
一场和死亡连在一起的赛跑
还有连死亡都忘不掉的苦难
九万人　化作洪流
冲破蛮荒
冲破水的束缚山的重负
中华被熔岩犁过的土地分外妖娆

图腾在烈火中涅槃
有人拖着一把刀　刀
熔化了最终　还有他自己
有人播撒火种　演绎
一场灾难　和燎原后的春天

更多的汇聚在一面旗帜下
放射火山灰烬的最后一缕缕光芒
路的尽头民族被重铸

一个被血与火征服了的时代
一个被血与火永生了的时代
我们不能忘记
两万五千里　值得每个人
回望的距离　回望——
我们走过的土地

2003.6.10

流浪的云

我能看得很远
但我看不到分离　看不到
你的身影沿着哪条路消失　看不到
你的笑容　你的思念
或许我站得不够高　还看不到
　太阳的影子

我能看得很远
但我看不到重逢　看不到
海的谜底和海那边的讯息　看不到
一个窗口　在暗夜中流浪
多年以后　我看不到幻想中的山峰
　和我们相约的早晨

我能看得很远

只因为我站在故乡高高的山巅

站在青涩的年纪　我看见

占满天际线的橘黄阳光　看见

还不解的爱　不解的祝愿

看见　一片在头顶上

逗留的云

2003.7.3

车回故乡

为什么无法忘记
那个寒冷的早晨　雪花曾经
迷惑着两个人的眼睛
我忘记了曾经说过的一切
群山侧目　一秒钟的相握
你朝太阳飞奔而去
溶化在温暖无尽的光芒中　却不料
我僵冷的手指已经无法奏成一曲
未来没有想象的遥远
我们也不曾有那么的接近

已经淡念忽又相遇
不再孤单的你　雪花会不会
陪我们的回忆重返故乡熟悉的冬天

我们彼此失去了语言

似乎已经醉了　夜

开始啃噬我伤感的灵魂　不知道

还能有多少年轻的心愿　多少重逢

我的眼神已经迷失

怀念　怀念只为了一个追梦的少年

那一刻我们或许都忽然想起

2003.7.10

那片海

我不会在远处注视你　那片海
是你自由的港湾
你不必独自言语
春风一样地可以吹拂水面
河流会告诉你落花的芳洲
可是你的叹息分明
你不会泊在岸边　等我

你不会等到帆的忠告　那片海
是你自由的港湾
你可以选择离开
大海不在我承诺的边际里
黑夜也不会吞没寻觅你的星光
可你无法把握你的方向　那里

会不会也经历了一场风暴？

我们许下的心愿已经沉底　那片海
变得如此浅薄而易怒
当年我们曾留恋地坐在沙滩上
隔着暮色
那片海于是成为永远的传说　传说
只因你而美丽

2003.7.15

蝶　舞

在一个花香四溢的正午
你翩然而至　着一袭
梦幻的光彩
夏日的无忧无虑忽然掠过
这么短暂
我的笑容宛如盛开的木棉
抬起头　看雨的无心和阳光的凋零
看你飞出我的天空

再不会有如此的放纵
青春的时光仿佛错过的花期
我是那么执迷于鲜艳的翅膀
渴望一次炫目的飞舞
曾那样不顾一切地燃尽

在花谢的一刹那

我还没有意识到这会是一生中

最美的舞步

似花亦似蝶　哦蝶舞

这是我年少时　追逐的全部

2003.7.19

海之葬

我会习惯于无边无际的深海
不再相信阳光的谎言
我不再收听你的呼唤
不再用神奇去描绘那个传说中的海岸
让所有记忆沉淀
包裹在岁月在爱和忧伤之外
——请别为我担心
海从不在月华之中沉睡
我也绝不会对过往的鱼群吐露一些
宝藏的秘密

最初的决定在漂浮中失踪
黑暗伪装成信徒潜来劫掠
——请你原谅我

像一块石头无声地远去

我无法借到呼吸的鳃和自由的鳍

于是艰难收藏起昨日的所有美好

任寒冷淹没蓝绿色的天空

也许有一天　灯光会再一次找到我

而在海的眼里

我　依然显得那么渺小

2003.7.30

风　暴

如果可以他一定还会再次选择
海的驿动不可抗拒
当所有的心灵都被渴望注满
松开缰绳
匆匆爬上海深蓝的脊背
阳光在眉头幻梦七彩
潮舒展地躺在沙滩上　那儿
长长的黑发一直飘出五月
让他永远相信那个好运

一定有人问过海是否会满足他的愿望
（只是他真的不明白）
当风不再暖　云不再浅
海翻个身　敞开密室

海浪在前面卷起一重重幕墙
他相信最后的礼物　弥足珍贵
（不要怨恨海的答案）
就让那句话浮上海面
一直漂流进她朦胧的视线

没有谁的诺言一定会实现
当他用全部生命去兑现一个错误
只想起日复一日等待在风中的长发
而忘掉就算是
这样一场　完美的风暴

2003.8.10

分与合

如果能把太阳切做两半
一半留在白天
一半留在夜里
那么黑暗是不是会永远消失
如果能把太阳切做两半
是不是天空中会有两个太阳
一个叫做永恒
一个留给疑惑

如果能把思念合在一处
用一半微笑
和一半泪水
那么所有错误会不会被证明清白
如果能把思念合在一处

会不会占据全部的天空

一半没有了太阳

一半也没有月亮

2003.8.15

曾经拾过的一枚海贝

像一只灰白的小鸟
静默在潮声中
天空半透明
海浪的笑语互相追逐
一些细碎的晶体找不到了重量
在手掌中瞬间蒸发
就在这时
弯下腰去
轻轻拾起

曾经拾过的一枚海贝
鸟儿一样沉睡着
低垂着　在我温暖的胸口
一根红丝带

在那只忽明忽暗的小眼睛里
幻想它挥动洁白的翅膀　扬起
一抹黄昏
几点灯火
万卷潮声

2004.6.12

飞 鸟

鸟儿飞走的时候
我匆匆忙忙拨开云彩　只是星光太暗了
我想要的太阳还酝酿在露水里
鸟儿不见了　每个晚上我都像
露宿在寒风中

鸟儿飞走的时候
我曾发动整个城市去寻找　其实
在它羽翼丰满的时候
我就预见到它的离开　离开这荒漠
去我想过却不能到达的地方

鸟儿飞走了
在夏日无休止的风暴中消失

鸟儿闪了一下光
在冬天的白雪地里消失
最后一次看见它站在高楼的顶端

鸟儿飞走了　想到这里
我就坚强不起来
独自躲在梦中　打开远方来的信件
那些异样的文字
在以后的回忆中只剩一片空白

鸟儿飞远了　带走我的一部分
去寻找属于它自己的未来
鸟儿飞远了　就像
年少时永远也追不到的风筝
长大后不经意的叹息

2004.6.15

恒　星

没有月亮
几点萤火的纸船撑开微风的夜晚
在河流的另一端迷失了方向
那条河在雨后漫过堤岸
又在冬天来临之前　结为冰晶

涉水而去　渐远
渐远的青春
该要用一束光线
以多少年的长度来遥望啊

回首之间
我的记忆上落满了灰尘　直到
无数星斗移过

最后还留在

星图上　透过每一个梦的眼神

2004.6.30

掌　握

放你的手　在我的掌心

——世界这么大

我们会轻易走散

2002.2.7

佛 塔

佛塔阻碍着城市的视线
塔的背后旧有的辉煌被保留下来
成为城市的中心部分
经历了现代的装饰之后　佛塔
终于远离寂静

事实上　我们无法进入到塔的里边
目睹十三层檐上的预言
那些残破或是完美
空洞或神圣的想象
都被现实阻碍　夜晚
我们绕行一周
又回到昨天还温热的梦乡　佛塔
在焚香的气息中长久停留

当我们追寻一些失去现实的理想

会有许多怀疑的目光

——让我们欲言又止

生活看起来和佛塔一样

正和这个古老城市一起进行着重建

2004.10.15

大话西游之月光宝盒

月光，打开宝盒——
我想我们还会在那一刻相遇
我想五百年的泪水会化成水晶
如同一粒粒洒落的水帘

月光，打开宝盒——
被篡改的意志，一次一次
我无法拯救我垂危的爱情，一次一次
如同扑火的飞蛾

月光，打开宝盒——
你静静地眠在记忆的通道
我有一颗永远不会说谎的心脏
它说有一滴泪在里面哀伤

2006.10.15

雪　夜

冬天里的雪是不会融化的
雪地里埋了一层又一层的脚印
我们走过的时候吱吱作响
那时候雪还下着——

一簇簇落在你的肩膀
头发上，像白色的蝴蝶
你是不是转过头
微笑着和我道别——

雪夜是透明的
厚厚的记忆隔着一层玻璃
——那雪还在下着
今夜不会停歇

2006.11.26

九寨沟游记

珍珠滩我和伙伴们走散了
桥的左边木板路已经午睡

有树木　山峦　天空和阳光
一起落在水面上——还有我
浑身冰簇　蓝色　绿色
周围光线弯曲　星群拥挤
我从吹皱了的梦境上跑过
翡翠的湿气里飘满喜悦
海子里没有波浪
海子里没有尘埃
林荫道响起长长的回音
目送我追赶诸神的马车——

盆景滩　公交车带走了所有的游客

迷路的人　至今没有回来

2006.11.23

守望者

火焰停住了，烧不到手掌
星空落满尘埃
雕琢岩石的细碎声响
剧烈疼痛着，有节奏跳动
掀开抖动的山梁
黑暗舔舐着城市的血液
时间无休止编织的网
束在骨骼上
令人窒息的重量

我们在光的背后焦急地张望

2006.11.7

伤　痕

河流是一种伤痕
桥是河流的伤痕
流淌着你的歌声
歌声是一种伤痕

城市是一种伤痕
雨季是城市的伤痕
偶尔看到的阳光
阳光是一种伤痕

生命是一种伤痕
时间是生命的伤痕
爱是你的文学
文学是一种伤痕

2008.1.19

星夜

倾斜的天幕上
群星滚动着，雪球一样
有两颗不慎落入池塘
可怕的沉寂——

这时候我会走出密林
探望许久未曾开花的丁香
那里潮湿
昏暗
辨不清道路和方向

我年幼无知的等待
就像被吸入星系的漩涡
——最终

流落在荒芜的站台
而那两颗星
依然
下落不明

2006.11.15

梵·高

梵·高的白天
追逐着太阳——
阿尔的田野里光线热得发烫
小鸟自由飞翔
麦地和隆起的山丘
在黄金的火焰上尽情舞蹈
狂欢，一些向日葵割断了
茎秆的裂口流淌着鲜血——

傍晚，群鸦乱飞
黑色的云朵从远处升起
暴风雨就要来临——
为了看清楚自己的真实面孔
梵·高坐正姿势，叼起烟斗

2006.12.2

穿过黑暗的森林

穿过黑暗的森林
星群如练
缠绕在黝黑的巨石上
光亮的溪水
在宽阔的秋声中
一寸寸枯黄
月和山的剪影若影若现

昨夜，溯流而上
寻找梦想中的荒凉
晦暗的森林
寂寥的河流
虚幻的山谷
火焰在古老的废墟上复活
贴满黄金

2007.11.23

那个冬天

我翻阅我所有的冬天
发现只有寒冷更值得怀念
我用僵冷的手指抚摸我那年轻的脸庞
发现上面只有阳光

我听见冬天里刮过的寒风
缠绕在幼小的心尖　丝丝缕缕
我那从另一只手里接过的梦想　悄然石化
最终横亘在往后的晨昏

我看见冬天里抖落的雪花
溅起在我的眼眶　点点滴滴
我那迷路的诺言没有弃我而去　没有孤单
它曾经摔疼过　冻伤过　没有抱怨

我徘徊在我所有的冬天

发现只有寒冷更值得怀念

多年以后再去浏览那个熟悉的故事　发现

春天没有在预想中到来

2008.1.2

山 谷

我从山谷回来
鞋底上粘满新鲜的泥巴，浅黄色
柔软如三月的阳光
那些淡雅的花一定会绽放在
琥珀色的雨季——
双脚的抱怨，我并不是真的在意

我从山谷回来
裤边上挂着坚硬的棘刺，黑褐色
刹那间穿心的痛楚
那些草甸和泥沼的薄雾一定掩盖了
美丽的瀑布——
眼睛的遗憾，我并不是真的在意

我从山谷回来
我无法说服疲倦的肺，因为
缺少太多的氧气
它们只好背靠裸露的岩壁留恋
斜坡上滚落的夕阳——
山谷的回应，我并不会真的在意

我从山谷回来
黑暗阻断了我的执著，然而
我依旧可以从任何遥远的地方归来
倾一夜璀璨的星光
用自由的笔尖想你——
两手空空的，我并不会真的在意

2008.1.8

如果，你是飓风

如果，你是飓风
此刻就走，满天的怒气和一脸寒光
如果以最锋利的方式
穿过海洋
如果，就这样怅然若失地
踏遍我的胸膛

如果，你是飓风
此刻就走，让我为你梳理风的羽毛
一点点收集雨的挥霍
如果，动荡的信念不能等待平静的终结
让我驱逐帆的目光，为你解开
漂浮着的梦想

如果，你是飓风，此刻就走
让我送你圆形的波浪，没有月色的
海滩，送你甜梦的椰子树
不可采摘的蓝天，如果
你的笑意在羽翼缤纷的失明夜晚
和到来一样不留痕迹

如果，你是飓风，旋转着
从我的心底不可扼制地诞生……

2008.1.31

船

船，也有载不动的重量
迷雾散开
天空中没有漂浮的翅膀
绕过灯塔的光线
渡不过海洋

碎裂成鳞片状的月亮
黑色的云朵，这一夜
有龙的深渊，守护神也沉默
海的孤儿
吹着命运的号角——

风暴无法预知
你的到来无法预知

大海的一滴咸咸的泪水

就有了

珍珠的光彩

2008.1.22

你

借着寂寞歌唱

如同借着欢乐逃亡

借着爱发光

在浮浮沉沉间如莲花般绽放

2008.9.23

没有月色的荷塘

没有月色的荷塘
小虫也沉默
纤细的风穿过夏天的低语
跌落水面
花香浅浅地笑了

没有月色的时候
夜晚单调成一两种色彩
弯曲的石板路
贴地的湿气
砂糖似的星星点缀在缥缈的
歌声中，逐渐模糊

或许今晚的荷花开得繁盛

荷叶亭亭如盖

或许我爱的人刚刚踏着月光经过

就在前边等我

2008.2.8

庭院

夜晚，庭院是一道门
星空由两个不同的方向流入
白色的贝壳
花瓣和天空的碎片，纷纷坠落
从逗号们灵巧的拐弯处，文字
跳过燥热的屋脊，笼罩着蓬生的银光
一只手穿越，一个梦境
我守候在段落隐秘的尽头，倾听
砖石发酵的醉意，泥土的皱纹
悬挂在竹架上的葡萄藤，疲倦的风
几颗冰凉的水珠
披着白纱轻轻走过，在夜晚
庭院是一道门

2008.6.29

街　角

清晨在平静的湖面上化开
浅灰色
加了冰和牛奶
太阳鲜嫩地躺在洁白的云朵上
冒着香气
这时候，风从睡梦中醒来
喝光了这个早上所有的雾
倒悬的阳光
凋落的鸟鸣
杂草丛生的天空布满裂缝
旧式的大巴车从拥堵的新闻中
爬出，转身街角

2008.3.3

夜　泊

停靠在渐老的黄昏，船的外边
水声渐近，渐远

那是一个无从知晓的地点
菊花浸透墨渍
船桅林立
乌黑的船篷围拢着疲倦了
羽翼上沾满江南的愁绪

雨丝从何而来
暮钟从何而来
彩虹的石拱桥和落寞的看客
都是属于虚构的一部分

风已经停住

一叶叶灯光从江面上长出来

金黄色的枝条，撑开谁的梦？

他乡，应是月儿正圆……

2008.2.10

等　待

定时催醒的早晨
被一辆冒着烟的大巴车接走
它熟知街巷
小心翼翼穿行于车流
留心每一组红绿灯和每一条斑马线
驯服于固定的司机
它按照旧有的焦虑方式
放慢速度

两旁的树木看到它的时候
正准备长叶子了，天空浅灰色
汾河里的冰倒数着冬天
这些都奔驰而去
不会在玻璃窗上停留太久

只有任意的歌和风声不断剥落
不断为熟悉贴上陌生，不断被遗忘

喘一口气，大巴车
感觉老了很多
前排
女孩子们眯着眼，侧着脸
从不正视
她们的心，是一部等待的手机

2008.3.11

小　麦

从过去相接的某一点消逝
没有留言，像在风中穿行的雨丝
命运终止了对你的奴役
并在回忆中进行追捕

你试图绕过现今
以木乃伊的方式，黄金面罩
染尘的白纱，你的魂魄无助地陷入
灼热流沙
被诅咒封印

你试图重映在每一枚闪烁的晶面上
把最美好的片断连缀成复活
你总共享用了一根火柴的时间

熄灭前，有人诧异于你的泪痕

你被不同的人群找到，持续被期待
在时间重叠弯曲的疼痛中
城市被禁止流浪，而迟到的救赎
将未来冲淡成
一首首的诗

2008.7.3

城 市

扎根文明的垃圾堆，城市
依赖人口生存
数尺灯火，易碎的皮肤
城市的细胞里长满菌丝，如絮状沉积
结出黑暗的果实

城市挪动肥胖的身躯
在杀虫剂的保护下和蚊蝇交往
盲目地指挥醉意的蜂群
几片落叶被布置在污浊的肺叶上作为
补偿性的自然，顺着
狭窄而挤满欲望的街衢，城市在
急速流动中肾功能衰竭
而在刺入血管的

红绿灯下获得片刻喘息

城市驱散飞鸟，流放没有被交易过的
鸣唱和不驯服的艺术
——最终赶回来了，作为游吟者
城市有他们赖以繁衍的屈辱和
被描述为归宿的死亡

2008.7.15

挥挥手

如果转身
收拾起破碎的影子，行李不多
装不满两本日记

如果哭泣
像一朵苍老的玫瑰，眼泪不多
落不满一个秋季

如果离开
请留下一条可以回顾的道路
挥挥手
我们就不再去永远

2008.10.15

单身汉之夜

单身汉的夜晚没有星星
钟表执行着遭人憎恨的指令
有一些动物缓缓靠近
它们绕行四周轻轻敲着玻璃
便有更多的鬼魅在地底下挣扎
单身汉挥舞酒瓶
悲哀的液体将他点燃
并且滑落到地上
单身汉肆无忌惮地爬进墓穴
和死神接吻
而死神回赠他一束玫瑰
他就执着玫瑰的梦忘记苦难
寄望解脱

2009.7.21

给未来

我亲爱的朋友，若你来寻找我
就只能到泥坯的小屋为止了
尘土飞扬的小路尽头
我的猎枪和斗笠还挂在墙上
你可以设想我徒步去穿越冬天

我亲爱的朋友，若你来寻找我
就只能到不成林的树丛为止了
荒凉的村落边缘
它们贫瘠而顽强地活着
你没有办法分辨出哪棵不是我栽种的

我亲爱的朋友，若你来寻找我
就只能到无名的小河边为止了

对岸的群山依稀
我没有设法修造一座浮桥
你可以认为我失足跌到了河里

亲爱的朋友，若你来寻我
我没有多余的草籽
我的脸上布满倦容
我把草籽都洒在了我的墓园
它们会在来年的春天发芽，长高
——我没有多余的随葬
没有多余的青春
给未来

2008.11.24

泥土深处

我走进泥土的深处，在那里发芽
不是黎明的等待
天空在饥饿的尽头陷落
黑暗的趾边流淌着火红的岩浆
我的平静带着伪装
接受死亡的巡视

我不止一次从梦交迭的收缩中分裂
以第四种状态游离
闭上眼睛
我走进岩石的深处，在那里结晶
不免有些期待
历尽艰辛的孤独会不会如约而来
会不会有时间穿越光线的屏障

脆弱地呈现

轻捻着细密的根须的感觉
闭上眼睛
我走进晶体的深处，双掌合十
垂坐在光流宽阔的安宁里，大地冥想
在窒息时刻之前到达

2008.11.15

光与色

白光

穿过一枚棱镜，弓着背——

赤色的欲望从漩涡中升起，伤口未愈

激情还在燃烧

已经有催促声传过来

橙色高傲的车轮下，大地重复忙碌

黄色去绝望的边缘乞讨，呜咽的

荒漠飞沙走石

绿色又一次准时赶到

解救了春天

青色爬过妄想的高度谜一样悬挂着

蓝色潮水等待着返回

就在丝绒的被子下安静地睡着了

云块沉重的夜里

紫色突然显露出狰狞的牙齿——

我惊恐地从色彩的琴键上滚落

黑暗

侵占了光的土壤

我俯身捡拾，在我短暂的生命下面

一定不会缺少原本属于光与色的

旋律和情感

2008.12.2

向日葵

涂抹浓厚铬黄颜料的面包
失火的烟斗
你说太阳还年轻，不是个收获的季节
可夏天太短了
比黑夜还要短一些，不够填饱肚子

一束向日葵走进画里
歪着脖子，它们都不再挣扎了
失血的脸带着神秘的幸福感
你说它就要来了，切近的脚步

你从被割断的狂热中返回
捂着耳朵
刺眼的光芒没有让你迷失道路

你说弟弟提奥也要来了，从遥远的家乡
赶来，就在今晚
它们的纯净永远不再生长

他注视着狭窄的门口，等候
梵·高和一束金色的向日葵

2008.12.15

凡人志

他的身边放着一把伞，久久盯着天空
使他错过翅膀的生长期
在不听劝告的年纪
他选择了一些有毒的野草,他后悔把痛苦
擦拭得这么清晰
像母爱一样不能忘记

他结交朋友，跟朋友打架，为朋友流泪
他赊到一些营养为了婚姻
熟悉的气味
使他过早抽枝和开花，他找到半碗饭
把自由投入秋后的琐事中
兴奋地忘了睡眠

他重新修了伞，学习父亲的姿态
和电视剧的表情
不知什么时候他搬走了
带着照片集和狗

他把房屋建在离终点最近的地方
他设法赎救别人的时间
拨快自己的表
好让失去更晚一点，收获更早
他盯着天空
在暴风雨沉吟的日志脚下
缓缓收拢

2009.2.12

南方

星空的栅栏下边
太阳低着头擦出金属的声响——总是
野兽出没的黄昏
思念绕道而行
旅人直过

匍匐蜷曲的枯草
被素手扰乱光泽的河水——渐行渐远
琴弦断过的余音
旅人伏在马背上
气息微弱

而从一滴雾中长大
此刻

——在遥远一座庭院里面

被雨水洗亮的

南方——

2008.12.22

三　月

对于三月，我不比别人有更多的
见解，它不是一个物体
可以拆解成31天，年年如此
每一天我都穿过遗忘深深的甬道
把三月留下，当它们
远远地合在一起，也不过简单两个字
三月像是从天空外飘过来的
落在雨里便湿了眼睛

三月，北方的河流向南方
而风会不停地为谁改变立场，忙忙碌碌
搬运着温度，三月
白雪又开始在黑色的泥浆中蠕动
饥饿的田野里发出微弱的轰鸣

三月稚嫩地，拱出
隐秘修筑的地下居所

三月
加一点点爱和一份惆怅
就可以是文章，还记得
春就从那里发源
所有的乐器被彼此注满
三月里，太阳要一天天长高
雨过之后，草黄吸足水分一夜间就绿了

2009.3.25

时间是一种幻觉

在我们居住的痛苦里，时间长出发光的森林
连同周围回声起伏的山体，偶尔变得透明

那些会说话的柱子，裹覆难以辨识的文字
从风中走出，在昨天或者更远处的未来静默

也许他们已搭上另一列车，遇到等待的人
回忆的虚幻里，我能感受到的甜蜜还在继续

此刻被种植于分离两端，孤独占领的空间
有一种似曾相识的想念，把我挤压成呻吟

当返程的烈焰经过，唤醒蓝条石沉睡的雾
痛苦便如融雪般滴下，时间沿着想象力倾覆

穿过遗忘，退回黑色春天，沉入星光之海
被万物倾听着的永恒堆砌在古老的重逢里面

而时间这一转脸的微笑，恍如隔着几个世纪
我那或许曾经有过的到达，只是一种幻觉

2009.4.15

一种经历

当山沿着锥体沉陷
我就站在顶端，我只是
想要攀上山巅的少数人
没有标记倾颓的白色石坛
倒向风的一边
群山的臂弯
刚刚获得的兴奋在陷落

我跟随风化得厉害的砂岩
往下漏，卷入一股红色泥流
如同一条小鱼
追逐着鱼群
当我和鞋子的对话被你听到

我们又一次谦卑地对峙

我平静地抹去汗水

而它收起那些杂乱又令人费解的

路径，在没有绿色的

高度，把我接纳

2009.4.28

给MM的诗

我想，甚至有一天我会闯进你的
小黑屋子，把你从痛苦的
枝叶间盗走，你是黑色的小浆果

当夜晚叩响你那深不见底的悲哀
你在厚厚的只为阻挡自己
而垒砌的墙内，胆怯地逃向未来

为了御寒，你把自己的身躯点燃
直至被灰烬的冷窒息而我
至今无法理解你大于理智的苦难

你把自己包裹在欢乐还有被欢乐
吵醒的痛苦中，而一旦你

深深地陷入，欢乐便又离你远去

为何？你会不断地梦见蝴蝶并且
在太阳看不到的地方开花
为何幸福所有的路径都不能接近？

2009.5.4

蘑菇林

在秘密里奔跑
她常常会迷路
在巨大的阴影和回头之间

模糊的回声把她追赶
有几次
她的赤脚踩到尖叫
如同我的预言

我们顺一道坡跑下去
手拉着手
被一种奇异的乳白包围

那是在蘑菇林燃烧的黄昏

蛇无声无息

残损的伞盖下

我们吮吸着有毒的芬芳

2009.5.20

两棵树

似乎这些光不能
连成任何图形，它们分散
在不同的时间
就像散落在各种叶片上
自鸣的空气

它们顺缠绕的枝条行走
抵达每一层黄昏
他们说我们对立的姿态
矜持在暧昧中
说我们不久便会相拥

至少我们还在距离之内喧闹
为同一种感受

鼓掌、暗示或者交换口形
清晨，同样的梦
也许会结出不同的果实

我们被热恋的光穿透、折磨
成为一幅风景中的油滴
我们在土地暗金的反光里
走着，沙沙地掠过
碎裂成一阵阵轻微的震颤

2009.5.27

在河的两岸

在河的两岸
抱着童话，甜美地睡去
河水清冽
有一条小鱼，或者几条
瞪着眼看你

在河的两岸
沼泽遍布，城池林立
河水肥沃
巨人的筋骨后来化成山脉
太阳喷出毒液

在河的两岸
光明稀薄，黑暗拥挤

河水僵冷

沉溺者的诅咒缠绕着庙宇

星星四处奔逃

在河的两岸

抱着童话，模糊地漂远

河水浑浊

有一条大鱼，或者几条

摇晃着身体

2009.6.4

门

当门醒着
两边停止流动
我的手指相互纠结一时
不能决定

这样用去太久的时光
开了又合
是沉默的惯性
把一些迹象错过

门占据了最显著的光线
轻如薄薄的烟
我从不同的想象后面
捕捉结果

显然会有人未加选择
被错误吸引
漂浮在水面上的门
醒着又睡去

我不能背着门
旅行，有些苦难必须承受
没有超自然的力
为我们解释

2009.6.11

从阴影的深处

从阴影的深处
观看那些曾经发亮的叶片
如何在火边枯萎
如何卷起身体埋入风中
我们的呼喊
就在这些已知的消亡里存在
尖锐地像苦涩的荆棘

我们曾经结伴而生
凭借火的力量
飞翔于同一段弧形的光亮
我们从喷涌的天空下滑
短暂地闪烁
被时间的漩涡合为一体

然而一切都没有结束

从挣扎到摇撼

我们观看那些发亮的叶片

被渐进的阴影覆盖

2009.6.25

古老的村庄

我们仿佛在古老的村庄
丢失掉一段时光
被雾锁住的村庄，蓝色洼地
总会有被谜吸引的猜想

当那忧郁的春天张开大网
洼地分裂成几块
白色的花坐上稠李的枝干
它们被精心布置

然而栅栏里已空空荡荡
几只大灰蛾撞击沉重的寂静
纸片屑惨白的弯曲下
是被抽去记忆的村庄

当一些路径失去痕迹
时间是最该被怀疑的偷窃者
而迟早会有遗忘到来
为我们一笔勾销

2009.7.2

有火穿过

有火穿过我们的遗骸
命运原来如此颠簸
从未知到已知
被坚硬如壳的时间所覆盖
那些微微裂开的黎明
持续不断的风暴
在与苦难的并肩飞行中
猝然间解体
远处空洞外耸立着
看不到的永远
我们退回到许愿的窗口
那被痛苦烤红的分别
轻如蝴蝶
一切都等待着完结

看火焰穿过我们的旧躯体

呐喊　呐喊

在呐喊中继续前行

2009.7.17

从雨中取回的月光

从雨中取回的月光
曾经被你的手抚摸
那时候我拉起琴，轻轻摇摆
乐声，营造了一场雨

雨是你失踪的地点，那里
后来长出一棵树，我打雨中经过
寻找另一面的月光

悄无声息，从风悠远的和鸣
薄雾和熟睡的鸟窠
深处，听内心渐渐汇集的
泉。琴声悠长——
月辉落满一树

2009.4.24

为我们共同的失去

为了共同的失去，我们庆祝
从心底倒出一碗酒
我们庆祝，在无处逃生的夜晚
你的眼睛像是一条鱼

我撑着雨伞而来，为了庆祝
打开通向流亡的门
为了庆祝，你辗转在痛的火焰
我们因为失去才相信

互相依赖在陆地之外，我们
激动地落泪为自由
我们失去，失去曾迷惘的坚强
泡沫般在深深的海洋

2009.9.10

先人

在暴风雨前夕的缝隙
你骑着热烈的风
翻越我们面前古老的山脊
白色的闪电如森林
照亮四周因畏惧而发抖的天空
你的目光
叠印在雷声的空旷里
于无限处游动，多少年后
我们仍找到未曾干涸的火焰
你独居寂寞
在城市低洼的悲痛边缘
挖掘影子般的哭声
你把道路从黑暗中引开
把鲜活的爱植入生命，让小草

江河和星空

成为未来漂泊的洋流

2009.8.3

父亲

最后你的声音离开影子
大声谈论——在另一个世界
勾勒众生的说教
占据黑暗里贪婪的虚弱
你说对生者说教或许是无用的

后来你的影子离开躯体
在渐息的笑容中收敛成坟茔
狭窄的孤独外边
你用一支笔虚构问题
而后用遗忘来充实空白

后来我已分不清
你的所在——当我试图倾听

从热夜天籁深处旋转的寂静

贴近火焰噼啪的光彩

无法永久的——划过短暂的热切

2009.8.12

与我对坐

坐等一场大雨的离去
遇到未知的我
我的秘密藏在一滴水中

我与我对坐的沉思
屡次深入整整一夜的雨
是谁的笑容浮现？
我们无法破解
广袤与漫长之间的坚冰
螺旋线里的回音
在倾斜的梦境表面反光

为什么飘散成点点滴滴
得到即是失去？

我与我沉思的对坐
坐等一场大雨的离去

2009.9.2

灵魂之夜

翻遍整座城市
都无法找到一个安详的角落
将我的青春埋葬
我怕苦难太深
不适合在水泥和钢筋里孵化
梦太轻，畏惧霓虹

入夜我和雨水一块儿散步
路过灵魂攒聚的广场
两团通红岩石上躲闪的舞蹈
就像被黑色的丝线牵引
蜂拥的亮点
在楼宇耸动的赤潮间喧腾
游移着的玻璃质外壳

一枚枚消失在腐蚀的冰尖

这时的雨突破夜的圆形防线
为了抵御死亡的侵扰
俯身我把文字
一层层砌起

2009.9.25

水墨画

美景逐水而居——
有船载着夜色
举着伞的朝代侧立朵朵
挑着檐悠悠直下

始终没有话音惊起
墨在水中找到淋漓的畅快
——几滴秋色无奈
被那边的渔子钓去
而网的眼儿太大太粗疏
江水里捞不出完整的汉唐

你不惜变卖了半生
在留白中轻叩辽远的空旷

你揉开混沌

于指尖抹平啸声

饮着一盏茶绕过这山那岩

——美景便逐水墨而生

挽着暮色

2009.9.28

梦的撕裂

梦是错踏的假门
我推开不该知道的幽秘
有毒的花丛钻入地下
空中开放着美丽的蛇
你在叫喊粘稠的光浇注
紫色岩石　一种密香与
腐臭混合的气味

悬崖　我张着臂飞掠
以闪光的速度
接近意识和被动的分离

这时　梦裂开两端
无数个太阳升起

交缀在每一天上的气泡碎响
几个海洋涌来
连接在梦被撕裂的伤口上
奇迹般欢欣洋溢

2009.10.8

活着的镜子

文字是活着的镜子
面对面
昨天循着皱纹而来
它们细碎成小小的伤疤
它们保护牙齿，轻叩的宁静
偶然会被谁的手捡起

找不到任何失去
在金丝眼镜回到未知前之前
变小的是瞳孔
而我一直在里面活动
直到没有空间

我从书本的字体上抹下微笑

很久前它们还是一碗米
在餐前排队等候，寻找默契
它们改变水和光线
使无法流逝的成为一面镜子

而当文字拉开活着的幕布
面对面
我的许诺纹丝不动
时间如雨滴落下

2009.10.14

石　头

石头　石头　石头
荒芜的石头在高原沉没
石头和石头的摩擦不带有火花
石头和石头碰撞出海洋

石头在空气中变重
在海洋中膨大　变得疏松
石头被阳光啜饮　被水磁化
埋骨的山峰被风孤立

石头不含有改变海洋的物质
顽固的预感缺乏根据
石头被空气传唤
大部分在遥远的过去服役

石头话语不多石头是回声

石头被石头挤压

被内心炙热的核封闭　被吐出

石头

石头

石头

2009.10.20

我们的北方

当风被冬天挂起
在我们的北方
田野低平像瑟瑟发抖的白纸
没想过冬天里会长出另一个冬天
即使痛苦会被反复开垦

那种不知名的光线常常被期待
被留恋，像滹沱河里流淌的水晶
冬天里一些关系亲密而不粘连
独自最是起风的时候

在冬天的北面
风抱紧砂粒
微弱的呼喊声集群地淹没喇叭口

雪原崩塌

直立的形体脆弱而弯曲

我们纯白的时光片片飞过

晕散在雪国残缺迷茫的冷气中

这古老因而在岁月里

充满勃勃的生机

2009.10.26

蘑菇城的女巫

看着她坐在蘑菇的伞盖上哭泣
我忧心忡忡
她的手指钻入抑郁的墙
那里就鼓起菌块
有毒的疯狂
能播种的青灰眼神

我环视藏身之地
石冢两边是让人心悸的泥土
清澈的河流暗布漩涡
她的叹息拂过水面战栗的毛孔
眼光垂入寒彻的心

我知道她在等待火龙族的攻打

整座城池将陷于枯萎

驼背的象群把浓黑的舌连根拔去

烈焰　铄金　变形物的残骸

女巫从幻景中破茧飞升

孢子塔的哀怨之雾久久不散

——坐在浣纱的水边

这时我看见的她

有着倒影般的清纯和明媚

2009.10.27

长城

以长城之规模，不是现代化机械制造
这才是真正的奇迹
在偏远的崇山修筑围墙现代人是不可理解的
即便只花几年的工夫
他们更愿意建造无数个小小的囚笼
来庇护群体的自私和脆弱
都市里的人没有血性地进化着

在长城上奔跑的速度
赶不上马车，别说比高速路
和无限的网络了（虽然它们也常常堵塞）
长城肯定不是秦始皇
也不是某个士卒、某个退休的将军
人们为了一逞英雄而来

往往失败于抬头不见终点的感慨

就这样我们还会回来

因为，千万年后他还活着

我们早已经死去

2009.10.30

他们说

有人说你去了一个蛮荒之地
那里后来盗贼横行，没有人知道你
或许盗贼光临过你的住所
你就成为盗贼

有人说你为了一个人改变
那个人曾经深深把你伤害,没有人知道你
你因而嫉世愤俗
从此放浪酒肆

有人说你注定要毁于一场灾难
朋友们都背叛你，没有人知道你
你的去向不明
但必定走在疾病和贫困的边缘

我知道他们说的不是真的

他们没有经历

他们说的话让别人相信，言辞凿凿

甚至让你相信，我却不信

2009.11.2

诗

诗不是水不是空气
不是某位名人住过的阁楼
在梦出来溜达的时候你会遇见诗
踱过那条矮街——
诗是来自太阳光的沉默
不是花园里的春天

诗不是旗帜不是帆
也不是不羁海洋的缰绳
如果你从飞鸟的翅膀下搜集风暴
当这一切平息——
诗不是幻想家的乐园
是英雄的墓地

2009.11.19

真 相

嗑无聊的瓜子，喝疲倦的茶
动动舌头
这就是人生的一部分　而
一部分和全部的区别只在于情愿和不情愿

把它们——两两组合在一起
一部分情愿　全部不情愿
全部情愿　一部分不情愿
这就是最后的真相

2009.10.28

中年

预设的谜到了揭开的时候
无数只手举过头顶
太阳的花瓣渐渐枯萎，巨大的
声浪涌过独木桥，减弱
成为喘息

隐约可以嗅到灰烬的味道
廉价的布景
鼓、竖琴、号、长笛的声带
嘶哑，正午的海洋
不动声色

即使没有火焰，沙漠中的鱼
一样沉默，砂粒上陷落的

两段桥正在合拢

由西向东，流水从不争论

告别抒情时代，诗人成为诗

告别婚姻时代

——爱又单身

2009.11.3

月亮

古时的人应该更乐意去观察月亮
把众多的环形山想象成宫殿
树木花草，当然那里还住有美丽的宫娥
他们没有从小学的课本上获取天文知识
只能靠传说想象诸神
月亮神、太阳神，但都不是外星人
盈亏圆缺成为最神秘的现象
由此可以联想到人生中所有的境遇

他们的夜生活是如此单调
很容易害上思乡病，看月亮可能会是诱因
如今被电话和网络很好地治愈了
月下的故事不像古时
电灯代替了火把，汽车代替了马

小屋的昏黄代替了大夜

故事的结尾发生在变化的终端

你能想到的古人活在酒里、剑里、纸里

不像现在轻浮在水面

这么说不排除对月亮的信任

它照着你我一如照着过去

2009.11.4

广　场

广场的一个角翘起，这边
流向那边，无数的到达成为流浪
四面八方的蓝色血管
欢乐还有悲伤，在中心趋于平静
广场辐射的光环，从低洼的聚留地
泵出，停滞，如焚烧的风
水面上失意的雕像
在方形的池塘游行，听季节沸腾
风的色泽由红浊转向青脆
不会有另一个眼神阴翳的废墟
低空被遗落的心打扫
没有丛林的枝蔓　躲在暗处的惊骇
没有碎的芒　不透明的屏障
我们从云底走过，步履从容

2009.11.11

雪

被塞入冬夜轻飘飘的棉衣里
她的呼吸轻微，绕着房檐潜行
她用手网住一切静止多雾的睡眠
把天空封锁，道路阻塞

随后更多的改变被时间占用
她抽取脚印中的水分，雕刻玻璃
从遥远的北方扯动风绷紧的
山坡和荒原，茫茫中铺展开想象

而黑夜以更软的方式沉下去
光的群落流连在不断膨胀的城市
她们低着头，踩过易碎的晶核
在街道凝重的低吟声里渐渐远去

2009.12.18

沙　漠

从沙粒中下沉的时间
流动成几股毁灭的力量
它们挖掘草根，吮吸干枯的海洋
依靠群沙之焰来维持统治

它们收获太阳火的种子
迅疾的热，驰过昙花一现的雨
城池兴起又湮灭
沙漠的唇边
悬着的风摇响荒凉

传说有一条路可以穿过虔诚
连接起遗忘的绿洲
可是无情的力量拔去记忆的塞

难以再现的场景在流失

有些天，你看见骆驼眼中的岩石
忽然想到它们就来自沙漠

2009.11.25

到远方

到远方，从一座座城市中穿过
黑色的雨挂满树枝
接近的渐渐变远，远变得更远

有朋自远方来，说
未曾见过的融雪和星星流筑成墙
阻挡着一片寂静

他们被文字编入时间的残简
他们守在渐老的城市
黑色的雨浸透了胡须

远方，雨下的天空拉成一条线
城市缩成黑色的小点

远在中央，季节利风一样盘旋

寂寞的道路默哀，那些
熟悉的苦难
也许就曾经叫做远方

2009.11.21

文字需要休息

文字累了需要休息
拆解开意义
堵住耳朵
文字不想站在纸堆上
裸着身体
玩变钞票的魔术

文字想跟想象力谈恋爱
厌倦火辣眼神
和蜜的宠爱

文字需要被理解
不愿意在腐败的图片里
寻找同类

文字想要休息

语言挥舞鞭子

强迫它们去制造垃圾

2009.11.26

最后的话

最后的话，一半变成石头
一半浮起在笑里
那些声音仿佛正在缓缓启程

任由黑暗漫卷而去
它们排着队为了结局倒下
追寻离开的轻微
它们为最后的爱准备礼物
就像为祭奠预订坟墓

那些话正返回初始的躯体
从意义的终点返航
不知道消亡有没有倒影
能够被告别的泪凝结

当它们从风的叹息边走过

天国的门静静敞开
最后的话，一半已经燃尽
一半升入永生

2009.12.3

岛屿

有一天，我发现书籍的
层层波浪，围绕着低平的岛屿
文字们在坦白的沙滩上晾晒
语言的唇舌吞吐着泡沫

晒太阳的还有沉默的峭壁
它们环抱膝盖蹲坐着
对待波浪就像对待迷路的孩子
它们用稀薄的视力为阳光上色

这里没有穿梭的白帆，鱼群
撕扯云朵上鳞片的反光
透明的石头构筑了共享的呼吸
符号的意义彻夜不灭

等待疲倦上浮，一朵花开放
折叠苍老的书展现生机
终究岛屿要沉没，扉页会脱落
而智慧在海洋深处发光

2009.12.4

打扑克的下午

悬崖上并排站立的几只小黑鸟
阳光溜进它们的鸟窠
在卵白的深潭搅动发黄的汤
红与黑的战斗手指间推演

四方阵营　两路统帅
一群小兵围困多纷争的诸侯国
跌下马来的收拾着箭矢
变脸的舞台盾牌被动地挥挡

有人想告辞有人建议再来一次
风在石头上晒干了笑容
咳嗽的烟在幽暗的岩洞中畅行
重新燃烧的扑克牌投入丛莽

这时候骤来的雨清洗了战场

黄昏打个盹　不知在何处醒来

天空从一个地方挪到另一个地方

黑色的小鸟飞了整整一下午

2009.12.10

打工者

打工者想努力爬入城市的口袋
在叮当作响的钥匙和硬币间抓住铁链
他拼命向四面八方的坑道挖掘
肩背碰着冰冷的夜晚，他喘着粗气
梦想会在深深的地下摸到金黄的阳光

而风把他吹入干瘪的豆荚，胆怯地
就像落入烟锅老父亲昏黄的浊泪
被孩子压疼的两肋，让他时时不忘
许诺的新衣，而油黑的裤子得多穿一阵
就算钻出地面会被当作动物驱赶

这个月的薪水寄出以后下个月还很遥远
打工者给城市施肥，为花园布景

他没有多余的体力去品尝收获
兴许能按计划活着离开，远远地离开
点上香烟，他们从城市的烟囱中冒出

2009.12.14

楼 梯

整日间都能听到楼梯上
晃动的脚步声
围绕着一口无形的棺木
急促的犹疑的敲击声声
一次次接近又远离

直到黑夜来得无声无息
与退潮的热梦
收拾散落在凡间的脚印
天空中星星在发芽
巨人在屋顶追赶云朵

总不见悬梯上下来的人
踏板有时会丢失

听盘旋入洞穴的声音

风托举着我们

越来越轻

脚下　海浪叠着海浪

2009.12.22

童　年

仿佛是另一个我生在蕊中
世界躲在高高的青天外
而我喜好攀援　沿墙头檐角躬行
没有危险会让我却步

偶尔我会下到那边的高粱
和焦糊的玉米地，秋天成熟以后
它们常常被用来倾听海浪
那遥远庞大又让人恐惧的怪物

而小伙伴们有着高原土黄的顽皮
喜欢玻璃球、泥巴和疯跑
他们不喜欢我呆在高处
总像只风筝飘进过远的树林

直到被妈妈的呼唤声拽走

春天来的时候我开始憧憬紫色
牵牛花一样爬上——爬下
终于有一天我跌断一条腿
随后的我得以坐在地上看世界旋转

看山峰晃动坚硬锋利的棱角
低云朵朵像没有吹起来的气球
看牵牛花的藤蔓高过视线
抖落水滴，安静地做着梦
一些天空倒入太阳酸甜的浆汁
有更多色彩突然溅出来

2010.1.5

战争说

"战争是什么？"

刀剑说：本来是块铁，战争将我们
　捶打成一件件武器。
火药说：就算没有一次激烈的碰撞，
　也会有人把战争引爆。

穷人说：战争是我们拿回
　属于自己的东西的唯一合法方式。
富人说：为了保护全民族的利益，
　我们不得不拿起武器。

社会说：战争是历史学家陈腐的
　厨房里主食的甜点。

政治说：避免战争就像避免我们的
房屋着火一样紧要。

骨头说：墓地里没有勋章，英雄们
只剩下自己的骨头。
血液说：比火更热比玫瑰更鲜艳，
和平从来得之不易。

2010.1.7

黑暗中的墙

黑暗中摸索浓雾的墙
感觉金属的突起和结冰的裂纹
有片状乌云移入山的阴影
风在漩涡间跳跃
远处一群群人举着火把

那鸟儿鸣叫的寂静漫长
仿佛在苍翠的树荫之下
触手可及雨滴里陌生人的喧哗
而我的身体无法穿过
呆在原地像裹着厚厚的冬天

后来另一种感觉控制了我
石头焦枯的烟草味道

从火光的梦边拉起一串串叶羽
陷阱的洞里完备的虚壳
在天堂来回，为了打碎了的心灵

黑暗中太阳会在别处升起
深渊越来越远
我在多面体有限的数值内滑行
曲线有过度忧郁的结点
它们一样四分五裂

2010.1.22

孤 独

仿佛落日余晖
那些镀在空气上的金属尘屑
必将落满我的一生
我在别人的梦里劳作
辛勤忙碌，从不祈望某日
园中结有成熟的果实

我只是水的一种存在
不管在哪里，都对形态怀疑
对温度抱有敌意

等待忧郁抽出芽来
从卵石堆漂白的重压下
抬起它们细长弯曲的小脑袋

让我们与等待相伴
在孤独罗织的网中，年复一年
成为那么幸福的蝴蝶

2010.1.27

树

从一条树枝游向另一条树枝
陌生夜晚，亮晶晶的眼
有时轻微的震动
惊起一连串短促的吱吱声
我屏住呼吸，感受树冠上愉悦的波浪

在我家的后院长着一棵小树
一棵长满小鱼的树
小鱼们欢畅于夜晚和雨水
被白天的日光粘贴在枝干的背阴
它们像候鸟，从风中寻找裸露的花粉
偶尔拍打我的窗棂
游在天井里如同漂浮在海面

随着树的长大，这些鱼儿越来越多
它们凿通后院的围墙
一去不复返了
树顶空空的，树干渐渐空虚
在我生命守候的时光

2010.2.11

风停住了

风停住了
在我的这个年纪
风中不再藏有多少声音
风钻入细小的孔隙
变成固体

风停在我的耳边
弯曲着身体
一堆堆匍匐在颅腔内外
没有思想
就像那些年的悲伤

而现在风停在时间中
时间假设它们运动

并最终固着在某一事物上
它们和我一样
都已经忘了改变

2010.2.24

我和过去失去了联系

我和过去失去了联系
它们在太阳下反光
然后叮的一声飞入草丛石滩
像一枚硬币

无数个夜晚过去
这样的事情发生过似乎
不止一次，它们
一直打着旋发出悦耳的声音

有段时间我听到它们沉闷的
滚动，仿佛被谁的手
捂住，被谁捡走
我的心忽然变得空空荡荡

它们很久没有消息了

在锈蚀斑驳的雨中

我却真的想回去看看，改写行程

像改变硬币的许愿

2010.3.17

日 记

我想有一天你会受邀
浏览我的生命　翻开那些
暗紫红色的花岗岩和沉积岩
蕴含光的海和雪原
我会带着你穿过欲望攒集的流沙
在太阳渐渐熄灭的谷地
拼凑岁月的悲伤

或许你能见到保存多年的闪电
它们被雨水磨得锋利
仰卧在草丛中
而似乎正有一堆风燃起
深渊的下边浮动着低沉的呻吟

不要害怕　那倏忽而过的

蓝光覆盖着矿晶

通常我就是那些手工挖掘者中的一员

不知疲倦地用废料堆积生活

哺育岩石　构筑起纪元

在那个炎热窒息的深深地层里

泥土萃取着汗水

一片片叶落下

2010.3.18

内心的井

在内心掘一口井
让它慢慢蓄水，春风不来
草虫的鸣叫不兴
泥土找不到坚实的地面
一切都是黑的，没有光
时间不觉
蓄积还是流逝？
下弯的脖颈，从岩石的缝隙
汲取荡漾的寂静

秋雨始来，掏空的腔室里
回声不断地叠加
颤抖，越来越快地
呈现宣泄的悸动而

岩石在黑暗的舔舐中充满力量

冲过水滴的网，泥土般

在宽宏的原谅中融解

2010.3.25

给我们点时间

给我们点时间

让草长入梦，星星都能靠岸

让我们流回

嵌进有年轮的枝干，与叶子分手

给我们点时间，别催促

让我们静静融化成一片片白色的光

让我们告别

2010.2.3

夜读

泡在茶水里淡淡的味道
会不会　就是我想要的寂寞

缓缓抬手　摘一朵叹息
风雨楼上久久凭栏

日影徘徊　有字的石碑里
红颜老去　琴声断续

风吹走无数的不眠夜
枯枝支撑的天空　薄薄的

已无味时钟开凿出的渠
不灭的金光　于流沙深处

2010.3.30

想 你

想你，一直想到混浊
想到树枝又扎出新叶，灰雾涌起
你在婉转的声音里
在露湿青草看不见尽头的早晨
你来不来，都有我的想念
跟随，我做着你本应该做的事情
把鲜花插入空瓶子里
摞起书，摊开一叠白纸
想象用线条疏松泥土，石块
构筑起旷野，用蓝色压抑的欢呼
来迎接你的新生
而我此时便如坐观于浓阴
风一般柔软，清澈
压低眉，虔诚如前朝来的僧侣

2010.4.19

我们推着轮子

我们推着轮子往前走
咯吱咯吱的重量
从骨头的后端响到前端
像火中燃烧的竹节

深埋着头，用双手双脚
支撑对谬误的癫狂
在向上升的过程中，太阳
蜕下一层层的壳
而我们的血液渐渐枯竭
在沸腾中失重

当你发现，抬起头
已完全嵌为环形中的一扣

恐惧或者抵抗，都失去意义

只有速度会越来越快

新鲜裹入泥污，高贵碎成卑微

眩晕，人群健忘

你和我的

脊背压出一道道的辙

2010.4.12

生病了

生病了，平素友好的细菌变得致命
他从一个石块中破裂开来
看消防员扑打过度燃烧的血细胞
和脑袋里不停叫嚣的毒草
他的骨骼像泡在福尔马林中的羽毛
眼睛莫名其妙蒙上玫瑰色的尘埃

他写好遗书带着夜晚去旅行
在蛇纹的河岸边等待洪水
像一粒种子，向更深的黑暗处释放
无助的网，而裸露的躯干
忍受着风沙的责问，冥冥中
仿佛参加银河系一颗星盛大的葬礼

最终回来了，他重新回到沉渣淤积的
河床，原有的症状从表面消失
不再服药，而另一种热病在体内蔓延
形成交叉感染，现实成为一条虚线
被遗忘推向比过去更远的地方
他在空白处写道，“等我，到未来。”

2010.4.14

关于你

关于你
可以是一个句子的主角
你轻轻拉上窗帘
夏天便燥热起来
动词们已经悄悄进入
名词还没有来
我想你就应该活在自己里

另外还有一些句子等你
它们布下陷阱
假装看你在连词的荆棘里跳跃
动词和动词开始埋怨
名词还是没有来
你只是手捧最初遇到的

一大簇形容词

很久了　关于你

我们看不到一个完整的表达

又一个夏天悲伤

句子被你撕得粉碎

这时候名词莫名其妙出现了

它已无处安置

当你掠夺了自己的财富

成为你和词语无法逾越的苦难

2010.5.24

在林中

在林中　我们捕捉油亮的光
分离缠绕在一起的光线
用手指编织绿色　它们过滤狂妄中
哪怕一丁点儿活力　压实梦想

我们瞻仰鸟儿鸣叫的崇高
在那里搭建起欲望的巢　我们
像别人一样修饰命运
等待风的波浪　把我们推向远方

在林中　雾气是漩涡
苔藓和石块把荒芜的墓地掩盖
我们燃烧激情　直到绿色窒息绿色
在我们的生长之地　死亡之地

我们尽力伸展　伸展　再挺直

我们弯曲　感受来自泥土里的痛苦

在林中　我们砍伐青春

挥舞着身躯　一刻都不能停歇

2010.7.10

在她的身体里

你想　在她的身体里
种植太阳　而她只不过是
要为自己开一扇窗户
你不知道的她在黑暗里
痛苦开出美丽的花朵
让她迷恋

她迈开步子
轻巧地踩过树叶
用鼻尖轻嗅陌生人的问候
大雪飞越的夜晚
她身体里萌动的悲伤
又一次将死亡照亮

她以沉默应对
从阴影到角落到梵钟里
你都不能把她找到
熊熊燃烧的呼唤压低至无言
镜面冰凉
也许她曾经来过了？

也许你只是听到过某种
声音　在她的身体里
从空旷的街道下和矮灌丛外
传来的声音　你抬头
攀上眼睛的台阶
是谁家的灯火被关进了窗帘？

2010.7.22

下午的运动

跳跃着　我们跳跃
紧跟一只蹦跳的篮球
整个下午太阳都在颤抖
我的脚踏在滚动的轮子上
感受节奏的冲劲
五根手指　一对手掌
一排光和轰鸣的心
我们下意识传球　传球
投篮　赢得弧线
用速度去切割意识
保持弹力　接近头顶的目标
抗拒另一个我的拖曳
我们在阳光移动的
深渊间攀援

紧贴梦想的柱体

在越拍越大的球体中飘浮

铁滚烫的屋脊被践踏

我们的震动在

另一个世界期待新生

汗水如豆　落进自由之海

2010.8.20

云　雾

没有云雾
黄山就飞不起来
一排排松挂在笔架上
飞来石饱吸墨水　大度地
盘膝而坐　像块镇纸
石猴闭起眼
冥想五百年的沧桑
总有想象枯竭的一些日子
太阳抽干等待的
空腔　眼睛收集不到泪水
不免干涩　等甜的
酸的苦的或辛辣的滋味
突然间翻起
那直立的峭壁摇晃着向外倾倒

一棵棵松挥舞翅膀

遨游在云端

石猴急切地趴在海边

飞来石泼墨挥洒

黄山少了雄健多了些诡谲

步仙桥头走过多少神仙

当我轻身而上

像一个虚壳挣脱引力的圈

在梦的另一边靠岸

2010.8.24

降落

又一群人准备从天空中降落
它们压低地面上的一切
像痛苦一样减速

一股浑浊的水灌入楼群
胀气的空间　然后由一条轨往前
推挤着泡沫奔跑

街道也被搓得笔直
仓皇的蚂蚁拖着便便大腹
笨拙前移如同攀爬在一棵大树上

楔形的轰鸣声把城市压成巨块
雨点急促敲打的滚动

落进空空的池塘

头顶上　一群群人等待降落
他们压低地面
最终成为上面所有的一切

2010.9.3

家 族

从固定的方向看——
（你所能看到的方向上）
村庄携带着它的雨水
瓦当　泥径和几代人的口粮
从大山中走出
他们在两条河里洗涤双手
笨拙地相互编织发辫
他们学会用铁器开垦黑暗世纪
用辛勤积攒谷米用文字的狭隘
占领土地　建起深宅大院
这是你最熟悉的先辈们的遗物
一批批孩子曾和你一样
接受过私塾先生们的训教
而最有声望的几个

却不在其中　他们获得过多的荣耀
和普遍的非议　结局悲惨
当人所共知的灾难来临
如同洪水冲开维系血缘的纽带
许多人流落他乡　或客死异地
后来仅有很少一部分返回
建起宗族祠堂和墓地
在此安放父亲的梦想和母亲的爱
而今你只是偶尔经过
看一幅暮秋景色　感慨——
终究啊　是个过客

2010.9.10

一滴水

一滴水是有形状的
它的表面
盘绕着各种各样的变形线
一滴水就是一个世界

然而一滴水可以
小到我们的肉眼看不见
或短暂得
记忆都无法跟踪

当一滴水从
不同颜色的光中穿过
我们不会看到任何形式的
独特辩白

一滴水移动

以它会吮吸的圆足

在很多事物上留下曾经

存在的印痕

2010.9.10

在途中

因为光影倏忽　帘角微摆
和轻重不一的脚步
让我时时感觉如在一列车中
塞满软绵绵的咸湿气体
包裹着瘙痒和绝望的酒瓶

没有咯噔咯噔被抛远的
响声　我重新咀嚼隔夜的面包
而仅从口感上无法分辨出
梦的深度　风吹来雨点倾斜
都没有落到我的身上

叶绿了又变黄　有些褪成
鲜艳的红色　那样瘦而且高的树

注视着我　仿佛就是诘问
他们轻蔑的笑
将我封闭在玻璃窗内

而我更加沉默　如同一只
机械钟表　齿轮的摩擦把我拉长
在一站又一站的停顿中
人群被铃声推上推下
夜落下来　这不是唯一的寂静

2010.9.26

两棵树的空间

小风　草瑟瑟发抖
饥饿的颜色　一片树叶在空气中
荡秋千　又一片树叶
离开古老的枝干

但能听到四周不断有树叶落地
被零星的雨点击打
雨滴窜入湖底　闷响摇晃
随圆圆的气泡升上来

倘若有人问秋天了么？
我会回答：“哦我只是在这里等候。”

黄昏　两棵白杨树的头顶

燃起琉璃的火

它们一直这样静静地

若无其事

在它们被黝黑的山坳吞没前

倘若有人问我在等什么？

我会轻声说：“没什么，我这就离开。”

2010.10.13

自画像

一场大风
足以把肌骨分离
把许多着色的爱或者憎恨剥去
瘦削地挂在画布上
我的嘴角轻挑
下巴微扬，皱纹干枯
我对我的笑容不太满意
它伪装了我的过去，欺骗了未来

一场大风
足以把发丝吹散
把直立的思想变成起伏的麦田
孤独地困在一盏灯中
我的脸孔蒙尘

眼睛幽深，依然可以流泪

我对画像的不精确感到欣慰

它没有把最精美的细节出卖给黑白

而终会有这么一个晚上

一场大风

落叶般　将我们卷起

2008.12.4

当你老了

当你老了，从丰饶的枝头落下
看成群的蚂蚁掩面而过
当你金属的身躯熔解变小渗入阴影
感觉到泥土的亲切
当你对时间的追赶毫不在意
跛着行走，当你老了

你又一次驻足，知道趟过的河流
还是河流，翻越的高山还是高山
你从失物堆中捡回爱情，在雨后
母亲会在某个静止的角落里絮絮叨叨
当你老了，不再关心遥远和果园
暗夜寂静，春天的火焰绵软无力

窗台，在花簇的根部长出新芽
你把一杯水浇在上面，它将流归大海

2009.3.3

黄昏

黄昏背着手　走入一座城市
破絮的窟窿里星星在咳嗽
神秘来客的会议　就座的高楼和
一颗颗受惊小动物乱跳的心

一个领袖谢幕　所有议论的焦点
便由对照转移到相互诋毁
黑暗浇筑着巨块　争论还在持续

最后一群鸦飞越了田野
池塘平静　像一座座陷落的城市

2010.4.2

坐班车回家

班车装一篮子水果驶入下一段黄昏，不久后
它们会出现在另一棵树上，现在被睡眠拴着
不会落到任何巢中。车上的彼此相识，一张张嘴把
新生儿悄悄传递，疾病和黑夜在路灯的追逐下交替生长。
我们从另一座断桥上驶过，贴着繁华的水，
出现在各种水果的盛宴，快乐地拉着手，果汁的合唱
酸酸地。牛奶的一夜坠入深深的星空。

2009.10.29

希 望

我希望对着一张笑脸
度过一生的时光
——一张美丽的白皙的脸
——一片迷人的灿烂的夜空
我和幸福只用一个字相连
就像别人眼中的一小团火焰

我可以自由地燃烧
直到成为梦一样的轻烟
——只希望有人还记得我的年轻
——只希望赞美会写上我的墓碑
我和生命只用一个字相连
就像我眼中永不褪色的蓝天

2002.11

后　记

“今生，一样的美丽”——诗集的这个标题源自于我比较早的一首诗，还记得当时是在大学课堂上，我握着笔望向窗外，老师不知道讲了些什么东西，周围如同有一种花开的静谧，吸引着我，让我分辨不清……我和所有的人一样，希望这种奇妙的感觉延续……愿望总是美好的，和青春和诗一样。

很多年后，我们都离开校园，各奔东西。而始终有这样的声音在我耳边回荡着：“是否/花开了的季节/今生，一样的美丽”，这样的疑问带我走了很多路，经历了许多事，我看着它慢慢褪色，一缕缕散发着香味，忽然间感觉有些怀疑，回首过去，发觉所拥有的哀愁一样的美丽，痛苦一样的美丽……美悄悄改变着它的构成，而从来没有远去。

慢慢追溯，我是在很小的时候开始写诗的，大约十三四岁，还是个少年，为什么会写诗一样是个谜。起初写古诗，格律的，不过那时我最喜欢的是科普读物，还有作文、打乒乓球、画画等，精力旺盛常常熬到午夜之后。高中以后，我的诗转向新诗，那时候朦胧诗正盛行，那不成熟的模仿让我自足，可是那扇大门很快就关上了，我考入了大学。和很多人不一样的是，在社会面前，早早地，我陷入不可遏制的迷茫，我不知道需要去做什么，时间催促，忧郁几乎摧毁了我，现在要去形容，我那青春年纪就像欧洲的中世纪吧。在黑暗中我不断询问，不断怀疑，扑向毁灭但无法重生。也是这样一句诗里的祝福让我看到希望，在很厚很深远的远方一直恍惚闪烁着，不论风雨寒暑。

经历磨难是人生的一种幸事，它有机会提高人的生命品质。我的苦难来得比较早，相信它去得也会早些吧。人的一生是一个很短暂的过程，我不可能去作所有的事情，最终也将不会占有什么，我开始希望简化自己的生活，平静地，作些适合自己的有意义的事情，以一些耕耘作为对人生的犒赏和纪念。

事实上这本诗集显得太单薄了，只有短诗百余首，其中一部分还是早期所写放在这里作为纪念的，余下的多写于近三年。我在那些想象上写作，有些时候觉得它们还是一些碎片，它们还找不到自己的确切意义，这让我时时有如在门外徘徊的忐忑，只是确实有点儿孤独了，就把这本书当作我出行的第一步吧。我相信以后我还能做得更好些，希望能以同样的步子去丈量岁月，一步一步走得更加平稳和畅快。我还希望能有更多的人喜欢上诗，为诗感动。夜深了，它将让我们对黎明有更多的期待。

2010.11.12.夜

图书在版编目（CIP）数据

今生，一样的美丽／郭小华著.—太原：山西人民出版社，2011.2

ISBN 978-7-203-07126-6

Ⅰ.①今… Ⅱ.①郭… Ⅲ.①诗歌－作品集－中国－当代 Ⅳ.①I227

中国版本图书馆CIP数据核字（2011）第011183号

今生，一样的美丽

著　　者：	郭小华
责任编辑：	傅晓红
装帧设计：	陈　婷
出 版 者：	山西出版集团·山西人民出版社
地　　址：	太原市建设南路21号
邮　　编：	030012
发行营销：	0351-4922220 4955996 4956039 0351-4922127（传真） 4956038（邮购）
E-mail：	sxskcb@163.com 发行部 sxskcb@126.com 总编室
网　　址：	www.sxskcb.com
经 销 者：	山西出版集团·山西人民出版社
承 印 者：	太原市力成印刷有限公司
开　　本：	880mm × 1230mm 1/32
印　　张：	6.75
字　　数：	150千字
印　　数：	1-1 500册
版　　次：	2011年2月第1版
印　　次：	2011年2月第1次印刷
书　　号：	ISBN 978-7-203-07126-6
定　　价：	18.00元